閱讀123

國家圖書館出版品預行編目資料

屁屁超人與屁浮列車尖叫號／林哲璋文；BO2圖 -- 第二版.
-- 台北市：親子天下, 2018.05 137 面；14.8x21公分. --（閱讀123）
ISBN 978-957-9095-52-5（平裝）
859.6 107003577

閱讀 123 系列 —— 049

屁屁超人與屁浮列車尖叫號

作　　者｜林哲璋
繪　　者｜B O 2
責任編輯｜黃雅妮、蔡珮瑤、熊君君
封面設計｜蕭雅慧
特約美術設計｜杜皮皮
行銷企劃｜王予農、林思妤

天下雜誌群創辦人｜殷允芃
董事長兼執行長｜何琦瑜
媒體暨產品事業群
總經理｜游玉雪
副總經理｜林彥傑
總編輯｜林欣靜
資深主編｜蔡忠琦
版權主任｜何晨瑋、黃微真

出版者｜親子天下股份有限公司
地址｜台北市 104 建國北路一段 96 號 4 樓
電話｜（02）2509-2800　傳真｜（02）2509-2462
網址｜www.parenting.com.tw
讀者服務專線｜（02）2662-0332　週一～週五：09:00~17:30
讀者服務傳真｜（02）2662-6048
客服信箱｜parenting@cw.com.tw
法律顧問｜台英國際商務法律事務所．羅明通律師
製版印刷｜中原造像股份有限公司
總經銷｜大和圖書有限公司　電話：（02）8990-2588

出版日期｜2014 年 1 月第一版第一次印行
2023 年 6 月第二版第十六次印行
定　　價｜280 元
書　　號｜BKKCD107P
ISBN｜978-957-9095-52-5（平裝）

訂購服務
親子天下 Shopping｜shopping.parenting.com.tw
海外．大量訂購｜parenting@cw.com.tw
書香花園｜台北市建國北路二段 6 巷 11 號　電話（02）2506-1635
劃撥帳號｜50331356 親子天下股份有限公司

屁屁超人與屁浮列車尖叫號

文　林哲瑋　圖　BO2

目錄

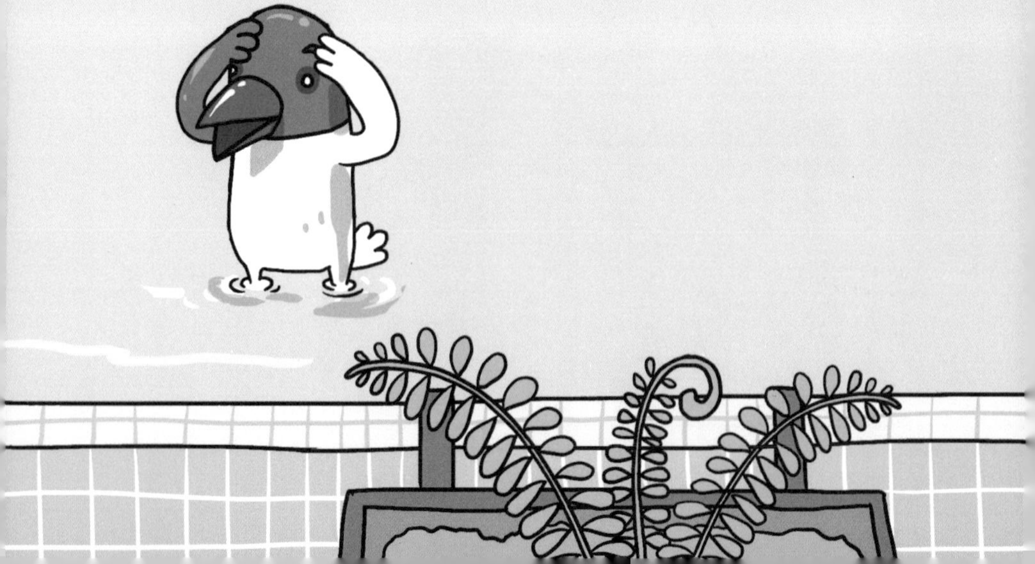

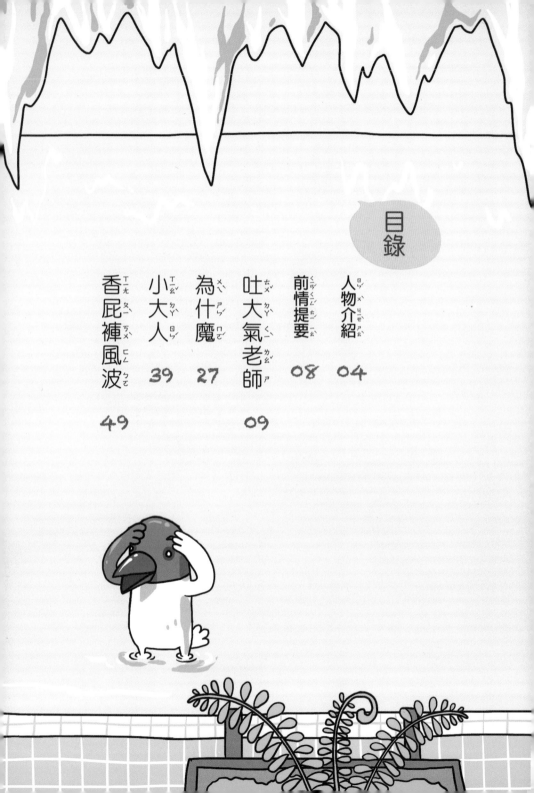

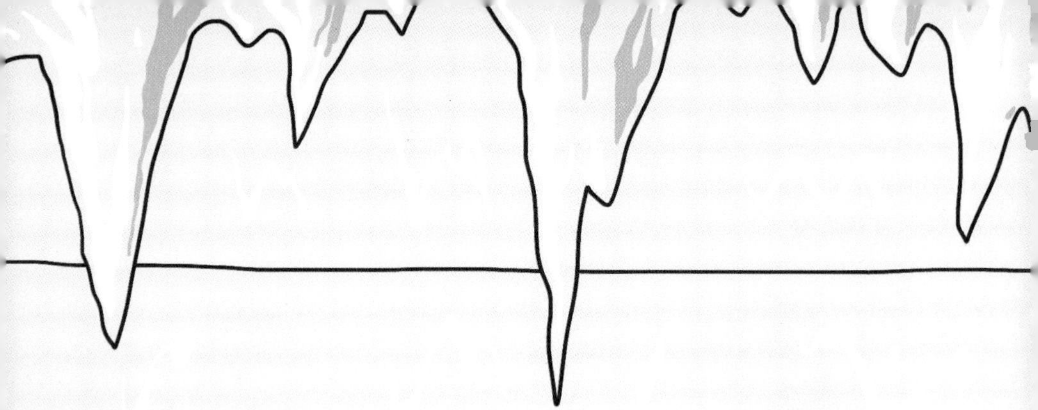

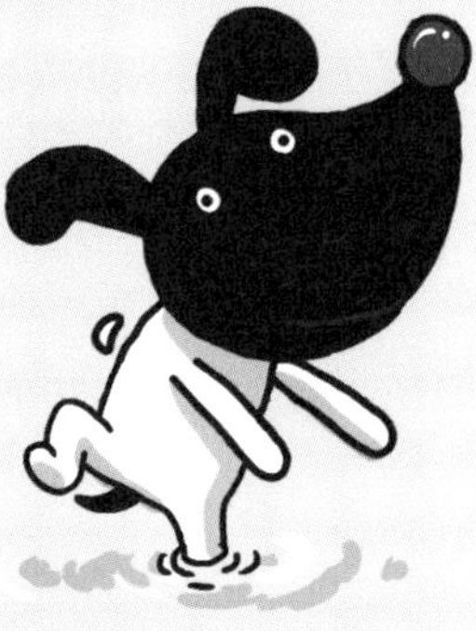

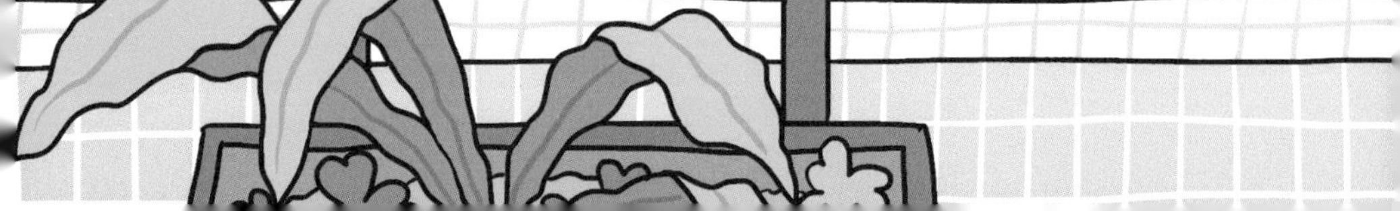

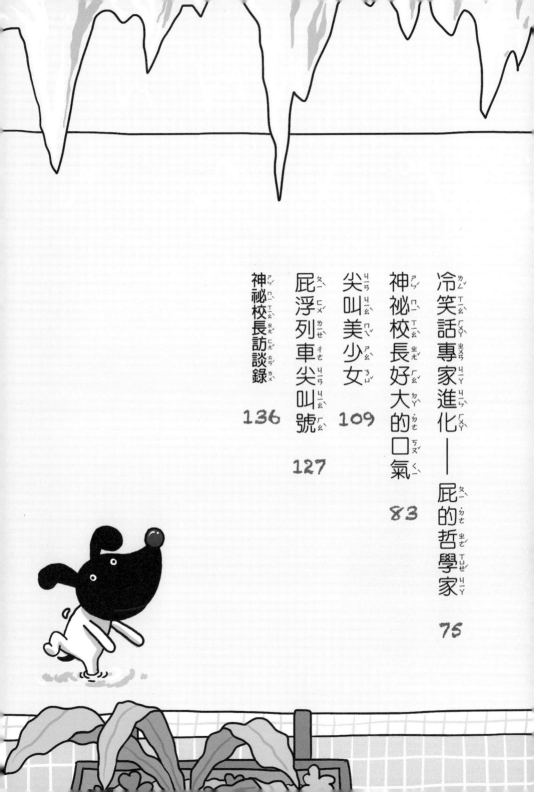

人物介紹

屁屁超人

從小愛吃神奇番薯，讓他擁有超乎常人的放屁超能力，時常使用「超人屁」來行俠仗義。

直升機神犬

神祕小學的校犬，也是屁屁超人的好幫手，有一條轉不停的螺旋槳尾巴，能像直升機一樣飛上天空，還能放出沖天「狗臭屁」。

神祕校長

神祕小學的校長，喜歡偷學小朋友的超能力，常常用來做壞事，弄得老師常嘆氣，害得學生想哭泣，但是下場總是慘兮兮，所以直升機神犬常常送他去就醫。

校長夫人

神祕校長的太太，也是校長的超級剋星，她一進學校，校長就怕得像老鼠見到貓。

偷笑客老師

神祕班的導師，原本的超能力是偷走小朋友的笑，後來改邪歸正，專門發笑給小朋友，使小朋友發笑。

發笑客師母

偷笑客老師的愛妻，有一個「發笑布袋」，可以四處發放「笑」，她也教偷笑客老師學會發笑超能力。

人物介紹

哈欠俠

神祕班的班長，能打出神奇的大哈欠，就像巨無霸吸塵器，能一口氣將眼前的東西統統吸過去。

冷笑話專家

愛說冷笑話，具有神奇又酷斃的結冰超能力。

淚人兒

從一出生就很愛哭，擁有「眼淚流成大洪水」的超能力，常讓學校泡在水裡。

吐大氣老師

神祕班的代課老師，擁有嘆氣超能力，只要輕輕一嘆氣，就能吐出強烈旋風，什麼都能吹得一乾二淨。

為什麼

神祕校長發掘的超能力小朋友，問題永遠問不完，而且他的問題有「讓人覺得頭大、令人感到頭痛」的可怕「魔」力。

尖叫美少女

新轉來神祕班的美少女，有驚聲尖叫的超能力，常常震碎教室的窗戶。

平凡人
科學小組

一群沒有超能力，卻有創造力的小朋友，常常跑圖書館充實課外的知識，發明新奇的東西，用來幫助屁屁超人拯救師生，主持正義。

前情提要

上個學期，神祕小學轉來了淚人兒、冷笑話專家、無敵千金等好幾位超能力小朋友，神祕校長為了偷學新同學的超能力，甚至變身成噴火龍怪獸，把學校弄得天翻地覆。幸好，平凡人科學小組發明了充屁式救生艇，加上屁屁超人、直升機神犬和所有超能力小朋友的努力，終於打敗神祕校長，拯救了全校師生。

這學期，神祕校長又會闖出什麼禍呢？

吐大氣老師

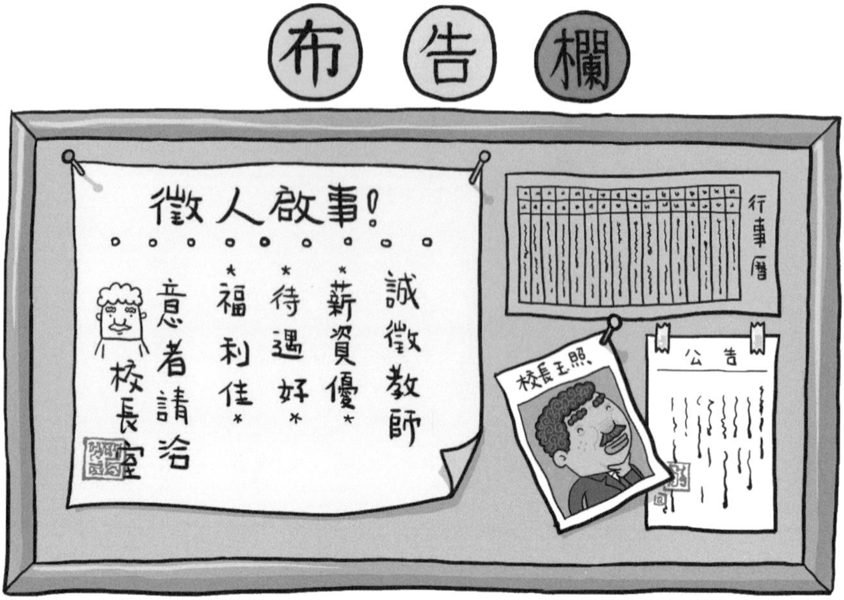

「偷笑客老師」的夫人——發笑客師母——快生產了，所以他必須請假去陪產。神祕小學的神祕校長貼出新公告，徵求新老師。

許多自認很特別、公認很傑出的老師前來應徵，但試教時一旦聞到了屁屁超人的超人屁、見識了哈欠俠的大哈欠、掉進了淚人兒的鹹淚水……他們往往掛「免戰牌」，紛紛打「退堂鼓」，每每逃出教室，個個宣告放棄。

神祕校長等了好久好久，才又有老師敢上門應徵。

「請問你的超能力是……？」神祕校長望著履歷上的資料問。

「別提了……」前來求職的老師嘆了一口氣。

沒想到，連試教都不用！神祕校長立刻錄取這位老師。隔天，代課老師

站上神祕班的講臺，拿起黑板上的粉筆，寫上他自己的名字，開始這學期的教學。

上課上到一半，代課老師問淚人兒問題，淚人兒答不出來。

代課老師臉一沉、眉一皺、頭一搖、眼一瞪！淚人兒立刻難過得流下淚來。

滴答答……嘩啦啦！淚人兒的眼淚一流，神祕班的師生大驚，才一會兒，神祕小學就成了大池塘，師生全浮在水面上，有些無奈的漂來漂去，有些熟練的游來游去……屁屁超人和直升機神犬還來不及出動，冷笑話專家的結冰冷笑話也還沒想出來，新來的代課老師已經大大的嘆了一口氣，「呼——呼——」彷彿幾萬支吹風機、幾千臺烘乾機同時發出熱風……

才一下子，淹滿全校的淚水就被風乾，校園重新恢復乾燥舒爽的環境。大家目瞪口呆、吃驚萬分的望著新來的代課老師……

這時，神祕校長興高采烈的衝進教室大喊：「真是太厲害啦！昨天應徵時，你輕輕一嘆氣，就把我用『強力膠』黏好的假髮吹走……想不到你這嘆氣超能力，竟還能對付淚人兒氾濫的眼淚，真是太棒了！」

正當師生傻眼，校長滿意的同時，有學生在走廊上

大喊：「幼兒園的小朋友爬到樹上，下不來啦！」

教室裡，小朋友反射性的拿出口罩戴上——因為，屁屁超人要出動囉！

屁屁超人一聽到呼救聲，立刻半蹲蹶屁股，閉氣鼓臉頰，做出「起飛」的姿勢，發出「轟隆」的巨響——放屁去救小朋友啦！

代課老師第一天上課，根本

不曉得要準備口罩……不過，他面對瀰漫「超人屁」的環境，只無奈的微微嘆了一口氣，教室裡立刻出現了強烈旋風，

「唉——唉——唉！咻——咻——咻！」一陣呼嘯過後，「超人屁」被吹得一乾二淨，教室裡煙消雲散！

代課老師嘆息的氣勢浩大，不輸屁屁超人的超人屁，同學們因此為他取了一個響亮亮的外號叫：「吐大氣老師！」

神祕校長滿意極了，不只因為學生變得守秩序、超專心，更因為他發現了足以對抗死對頭「屁屁超人」的神奇超能力。他暗自發誓：「不計代價！我拚了老命也要學會『吐大氣老師』的嘆氣超能力！」

老實說，校長在「偷學超能力」這方面的表現，稱得上是一位認真的學生。

「吐大氣老師，你可不可以教教我，如何才能像你這樣，嘆氣『嘆』得這麼有爆發力？」一下課，神祕校長立刻在走廊上攔住了吐大氣老師。

吐大氣老師搖頭又揮手的說：「這是我的隱私、祕密，我才不要告訴你！」

神祕校長臉色一變，威脅他：「如果不告訴我，就別想繼續在這兒工作。」

「唉——！又來了！」吐大氣老師神情憂鬱的嘆了一口氣：「你們這些當老闆的，怎麼都愛壓榨屬下？」這一嘆氣，神祕校長從走廊被吹到了操場上。

吐大氣老師害怕丟了工作、沒了薪水，趕緊跑進操場，將「嘆氣大法」的祕訣告訴校長：「我從小遇到不如意的事就嘆氣，長大後工作不順利，生活不順心，心情鬱悶，表情苦悶，早也嘆氣，晚也嘆氣，常常嘆氣嘆個不停，天天嘆氣嘆得上癮，久而久之，就練成了嘆氣大法！」

「有沒有速成的方法呢？」神祕校長迫不及待想練成嘆氣超能力。

「多喝一些對健康沒有好處的汽水，可能會有幫助……」吐大氣老師為了飯碗，把超能力的祕密全盤托

出：「但根據我的經驗，找最令你苦惱的人、事、物來練習，可達到事半功倍的效果！」

「我知道該怎麼做了！」

神祕校長胸有成竹的說：「我要回家看老婆刷爆的信用卡帳單……」

為什麼

「校長，為什麼您一直在嘆氣呢？」有個小朋友追在校長後頭，不停的發問。

「我在練『嘆氣大法』呀！」校長一邊嘆氣，一邊回答，差點兒岔了氣。

「為什麼您要練嘆氣大法？」那小朋友歪著頭，不解的問。

「因為我想變得和『吐大氣老師』一樣——能從嘴巴吐出颱風、颶風、龍捲風！」校長深呼吸了一下，又繼續嘆氣。

「為什麼您想跟『吐大氣老師』一樣呢？」那位小朋友持續追問。

「因為練成吐大氣老師的超能力，我就能對付神祕班的小朋友啦！」校長從包包裡拿出校長夫人的信用卡帳單（他必須負責繳款），倒抽一口氣，又吐出一陣微風般的嘆息。

問問題的小朋友仍然不放棄：「為什麼您要對付神祕班的小朋友？」

「因為，我嫉妒小朋友的超能力……」神祕校長皺著眉頭說：「我的興趣是蒐集每一種超能力，我的目標是打敗超能力小朋友……我要當超能力剋星！」

「為什麼想成為超能力剋星，就得一直嘆氣呢？」小朋友的問題源源不絕。

「因為我正在練習吐大氣老師的『嘆氣大法』呀！這問題……剛剛不是回答過了嗎？」校長被問到一肚子火，連嘆出來的氣都開始冒煙了。

「為什麼……」小朋友歪著頭，十分不解的問：

「為什麼剛才問過的問題就不能再問呢？」

「哦伊——哦伊——！」校長被問到急性腦中風……

幸好有人趕緊叫來救護車。

在救護車上，校長虛弱的喘息著，指著那位愛問問題的小朋友，交代吐大氣老師說：「他……他實在太厲害了，把他送到『神祕班』！」

「對了，」校長繼續虛弱的說：「把校長室那一本我寫的《神祕校長嘉言錄——校長的場面話、客套語、推託詞》交給那位小朋友，上面記載了我人生所有的答案，叫他不要再來問我問題啦！」

因為這個小朋友實在太愛問

神秘校長嘉言錄
第127首
萬惡醜為首
百帥校長先
神秘校長嘉言錄
第128首
校長不收禮
禮多人不怪

問題了，而且他的問題有「讓人覺得頭大、令人感到頭痛」的可怕「魔」力，於是大家為他取了「為什魔」的綽號！

然而，想不到他讀完《神祕校長嘉言錄——校長的場面話、客套語、推託詞》

這本書之後，頭竟然變得越來越大，進化成了「大頭和大人一樣、頭和大人一樣大、和大人一樣頭大」的超能力小朋友——「小大人」！

小大人

「新同學怎麼稱呼呢？」神祕班上，屁屁超人被大家拱出來舉手發問。

「從前我是『為什麼』，現在我是『小大人』！」新同學一邊回答，一邊摸著下巴，假裝臉上長了鬍子。

「小大人？」屁屁超人好奇他擁有什麼超能力。

「屁屁超人同學，我回答完你的問題了，你應該向我說『謝謝』，這樣才是乖小孩喔！」小大人對著屁屁超人開始說教：「而且，你剛剛問我問題的時候，沒有說『請』，這樣不禮貌耶！」

「謝……謝謝！」屁屁超人不自覺照著小大人說的去做。

雖然說「請、謝謝、對不起」是應該的，可是被新來的同學這樣教訓，感覺怪怪的。

「新同學，你現在可以入座了！」吐大氣老師指著為小大人準備的桌子說。

「老師，您請我做事，應該說『請』呀！」小大人嘟著嘴、叉著腰對吐大氣老師說：「身為大人，您應該以身作則，做好榜樣！」

「唉——！」吐大氣老師無奈的嘆了一口氣，教室裡颳起了陣陣龍捲風，講臺下，學生忙著到處撿課本、書包和文具。

「老師！」小大人對著吐大氣老師伸出了食指，一邊搖著手指頭，一邊說：「您看您做的好事，趕快向同學說『對不起』！」

吐大氣老師大概明白了「小大人」的超能力是什麼，他想到從今以後

可憐的教學生涯，忍不住再度嘆息了：

「唉——！」

同學們又被吹得歪七扭八，摔得七葷八素……離講臺最近的學生，追著自己的衣服、褲子、襪子，從教室追到了走廊。

「老師，您……」小大人原本還要「糾正」老師，幸好屁屁超人和哈欠俠及時阻止，轉移他的注意力：

「新同學，下課時，您想欣賞『超人屁』的威力嗎？」

「好是好，」小大人嘟起嘴說：「但公然放屁實在不是好學生的行為……屁屁超人，你真應該好好檢討一下！」

「是……是！」屁屁超人覺得頭真的痛了起來：

「對不起！我會改進！」

「放屁的時候，記得到空曠的地方，別隨便亂放……這樣既不衛生又沒禮貌！」小大人喋喋不休、唸唸有詞。

不過，至少大家可以順利上課，免受吐大氣老師嘆的氣折磨了。

香屁褲風波

冷笑話專家對於「小大人」凡事太過嚴肅的態度，非常不以為然，他決定用他的冷笑話超能力，讓小大人冷靜下來。

「小大人同學，請問你，『土地公放屁』是什麼意思？」冷笑話專家翻開他的《冷笑話祕笈·歇後語篇》。

「太簡單啦！」小大人在「為什麼」時期，就問過大人這個問題了。他自信滿滿的說出答案：「土地公是

『神』，他放的屁是一種『氣』體，所以『土地公放屁』指的就是——像我一樣的——『神氣』！」

原本冷笑話專家的冷笑話超能力，能讓所有的東西結冰。想不到他提問的「土地公放屁」，竟被小大人破解，這使得他的超能力有如忘了關門的冰箱——結不了凍，凝不了霜，降不了溫，保不了鮮——完全起不了讓小大人「冷靜」的作用。

「你也別傷心！」小大人一副少年老成的樣子說教：「人生難免會有挫折！」

「哼！」冷笑話專家嘟起嘴，衝到圖書館去借新的冷笑話大全惡補。

小大人也不是只會讓人頭大、頭痛，他偶爾也有歪打正著，不小心造福人群、偶然間作出貢獻的時刻……

有一次，屁屁超人出動救人，小大人卻戴上「飛天馬桶」版紀念口罩，不停對著「平凡人科學小組」碎唸：「你們發明飛天馬桶、充屁式救生艇，為什麼不順便研發消除臭屁味的裝備呢？」

就好像被老師指派了作業一樣，平凡人科學小組雖然「一個頭、兩個大」，依然遵照小大人的建議，開始進行研究……

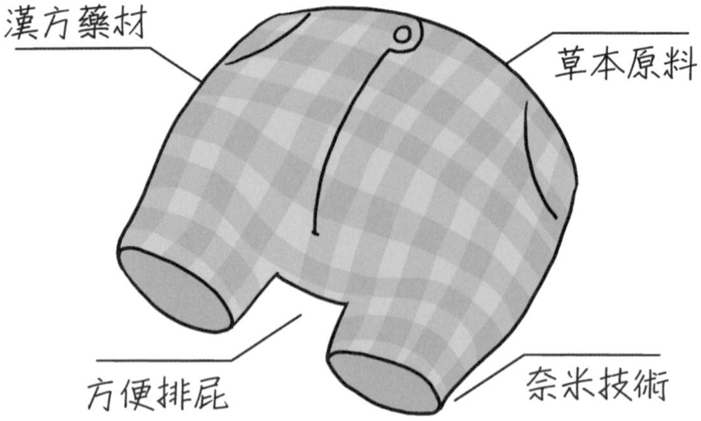

最後，父母從事紡織業和家裡經營中藥行的組員，攜手合作，將漢方藥材、草本原料用奈米技術加入紗線裡，成功發明了「香屁褲」！

「平凡人科學小組」先利用儲存在「飛天馬桶」水箱裡的「壓力屁」，進行反覆的實驗，確認香屁褲的過濾除臭效果，最後再請屁屁超人進行「人體試驗」。結果發現「香屁褲」不但可以除掉「超人屁」的臭味，甚至連屁屁超人的絕招「噴射屁」，都能成功過濾，將臭屁味變成香水味！

由於小大人的批評、指教、挑剔、找碴，竟激發了平凡人科學小組發明「香屁褲」的決心，屁屁超人覺得小大人「令人頭大」的超能力其實並非一無是處。

「香屁褲」讓屁屁超人的屁變香了，這樣一來，面對超人屁，大家再也不必摀鼻子、戴口罩，全校師生都認為這是一件很棒的事。

小組把研發成功的「香屁褲」，送給屁屁超人，直升機神犬也收到一條「犬用香屁褲」。屁屁超人第一次

穿上「香屁褲」出動時，「轟——！」一聲，校園裡風沙大作，走廊上煙霧瀰漫……但是完全沒有臭臭的味道，反而只有香香的氣氛！

「太棒了！」所有同學拍手慶賀：「屁屁超人有了『香屁褲』，我們就不用擔心忘記戴口罩、誤吸超人屁！」

從此以後，神祕小學全體師生在屁屁超人升空時，不再皺眉摀鼻、閉口憋氣，而是陶醉的用力深呼吸！

「好香啊！」

「真清新！」

「沒錯！這可是使用漢方纖維織成的內褲，不只除臭、殺菌、提神、醒腦，而且帶有迷人香味……這可是我和爸爸嘗試了幾百種中藥材，才研發成功的！」家裡開中藥行的平凡人科學小組成員說。

「而且，我爸爸特地到公司，用最先進的紡織機器，把中藥材料研磨成奈米大小，混進超強彈力纖維，織成『香屁褲』。因為彈性超強，不怕超人屁、噴射屁的瞬間爆發力……超人媽媽再也不必為了縫補兒子的內褲而煩惱啦！」爸爸在紡織公司上班的組員補充說明。

甚至很多學生、家長、老師都來打聽「香屁褲」準不準備量產銷售。平凡人科學小組趁機推出「屁屁超人與直升機神犬搭擋週年紀念版」香屁褲，神祕小學的學生、師長一律七折優待。購買「香屁褲」的人，

有的是屁屁超人的粉絲，有的希望把自己的屁變香，好自由自在公然放屁；也有不喜歡洗澡的人，想穿上除臭殺菌的「香屁褲」，再多拖個幾天不洗。

超人屁變香了之後，同學們變得喜歡聞超人屁。有時候，明明沒有放屁出動的需要，大家竟直接請求屁屁超人放屁給他們聞。

屁屁超人覺得有點不好意思，也感到十分尷尬，於是以「節省屁力、待命救援」為理由，婉拒「放屁給人聞」的要求。想不到，竟有同學為了聞屁，假裝出意外，隨便亂呼救，只求能聞一口香噴噴的超人屁！

香屁褲熱賣，超人屁變香，原本是一樁好事。然而，大家對聞屁這麼熱衷，實在帶給屁屁超人無比的困擾。

SOS
SOS

有一天，小大人在偶然的機會下，和屁屁超人兩人一起搭電梯。屁屁超人因為早上吃了太多「神奇番薯」，肚子有點撐，在電梯裡不小心放了一個小小的屁。在密閉空間裡，那微微的屁感覺起來仍然又濃又有力，屁屁超人自己不小心撞到電梯的天花板，小大人卻趁機拚命的聞香，獨享所有的超人屁，小大人覺得自己實在太幸運啦！

「機會難得一定要把握！」小大人撐開鼻孔、張大

嘴巴！

他很用力、很用力的聞，超大口、超大口的吸，剛開始覺得自己身在充滿花香、奶香、麵包香的天堂；可是，漸漸的，他感到頭有點暈、眼有些花，本來已經有點過大的頭，現在變得越來越重、越來越沉。最後，竟失去意識昏倒了！

電梯門一開，屁屁超人立刻抱起小大人，放出極速噴射屁，飛快的將小大人送往醫務室。

「是瓦斯中毒的症狀！」護士阿姨說。

事情一傳開，平凡人科學小組馬上負責任的將「香屁褲」回收，仔細研究問題出在哪裡。經過不斷的實驗、測試、檢查……他們得出了結論：「香屁褲雖然能把超人屁變香，但超人屁的組成分子畢竟還是『屁』，而屁是和『沼氣』差不多的化學物質，吸太多仍然有中毒的風險、暈倒的可能！因此，請各位同學、師長不要因為屁很香就拚命的吸它！」

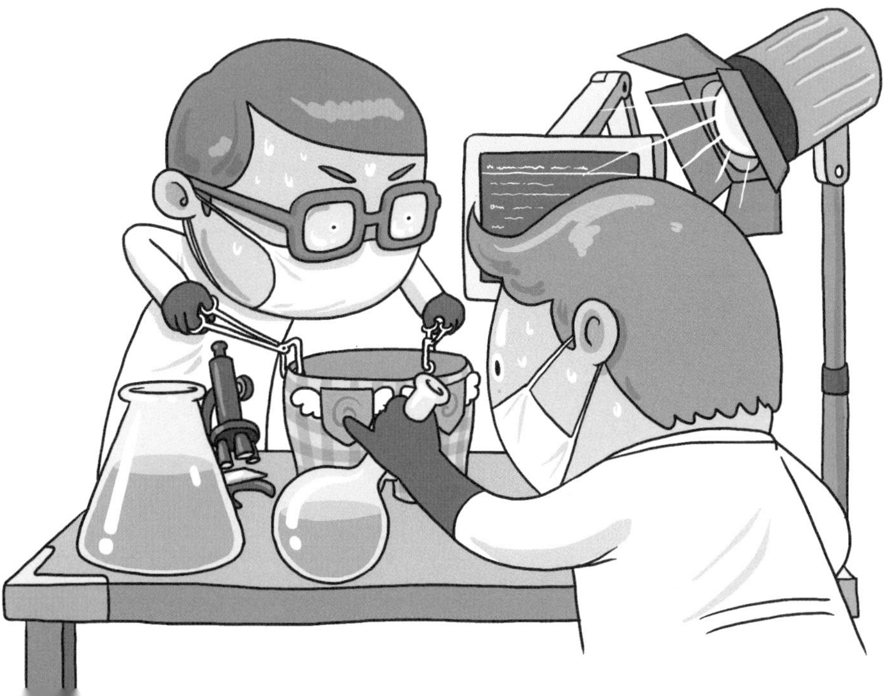

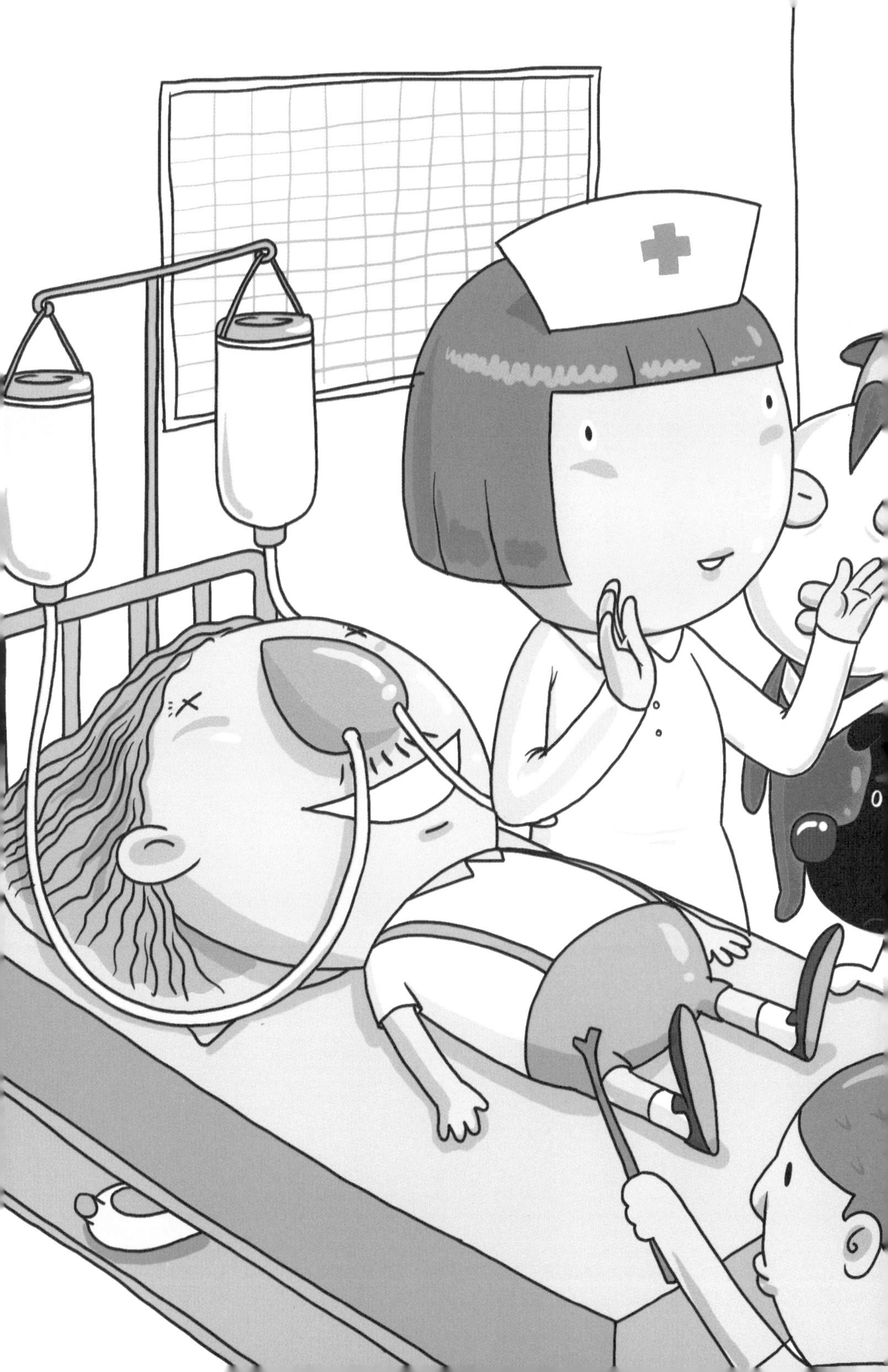

於是，全校發起連署，請求屁屁超人不要穿「香屁褲」——因為它過濾出來的香屁味實在太誘惑人啦！大家寧願麻煩一點，隨身帶口罩，也不要冒著「屁中毒」的風險生活在校園！

冷笑話專家進化——

屁的哲學家

「冷笑話專家」受到小大人的刺激，天天跑圖書館補強他的冷笑話功力，他不但把圖書館的《腦筋急轉彎》、《冷笑話大全》都看完了，連不冷的笑話他也讀，最後，就算不是笑話的書都看了很多，功力大大的增強！

「香屁褲」事件之後，冷笑話專家再度遇上了小大人，小大人和屁屁超人擔任值日生，正忙著抬營養午餐的玉米濃湯。

冷笑話專家過來幫忙，順便找小大人再PK一次。

這次由小大人發問：「為什麼大人常說『響屁不臭，臭屁不響』——屁屁超人的屁明明是又響又臭！」

「這事本來我也想不透……」冷笑話專家抓了抓頭，思考了一下說：「不過，因為最近的『香屁褲事件』，讓我悟出了這句話的道理。」

「哦？」小大人和屁屁超人同時停下了腳步，想知道冷笑話專家怎麼說。

冷笑話專家清了清喉嚨，娓娓道來：「屁屁超人的『屁』既響又臭，的確不符合『臭屁不響，響屁不臭』

的說法。可是，『放屁』和『打雷』恰恰相反，我們先看到閃電，再聽到雷聲，那是因為光線跑得比聲音快；而我們先聽到屁聲，再聞到屁味，那是因為聲音跑得比氣體快……

所以，若是放屁聲音大，旁人就來得及摀鼻、閉氣、戴口罩、逃離開……自然能避免聞到臭屁味！所以說，『響屁』是有品格的君子屁……」

冷笑話專家話一說完，屁屁超人和小大人指著的玉米濃湯瞬間就結成了濃湯冰。

那一天，營養午餐沒有熱湯可喝，卻多了飯後點心——大家都嚐到了玉米濃湯口味的鹹冰棒！

「我覺得你的『響屁不臭論』很有道理……它告訴我們『有備無患』——提早準備，就能避免損失！」

小大人對冷笑話專家讚不絕口：「士別三日，刮目相看！我覺得你進步很多，不該再叫你冷笑話專家，應該尊稱你為『屁的哲學家』！」

神祕校長
好大的口氣

治好了腦中風，神祕校長持續閉關苦練「嘆氣大法」。這段時間，神祕班同學想出了抵擋「吐大氣老師」嘆氣的妙招，他們請哈欠俠使出「哈欠神功」吸走老師吐出來的惱人旋風。

剛開始，哈欠俠的「哈欠神功」的確像黑洞一樣，可以吸走吐大氣老師無奈的嘆氣。不過，吐大氣老師嘆出來的是二氧化碳居多的氣體，而哈欠俠打哈欠卻需要吸收大量氧氣，因此，哈欠俠只能幫大家擋住幾次嘆氣攻擊，接著便會因為缺氧嚴重、昏昏欲睡而倒頭就睡了。

校長室內，神祕校長為了練成嘆氣超能力，天天看著校長夫人的信用卡帳單，時時想著家中堆積如山的名牌包包，無時無刻嘆氣嘆個不停。

漸漸的，他掌握了訣竅；慢慢的，他悟出了精髓。終於，他練成了嘆氣大法，神祕校長迫不及待想找個倒楣的學生來試試。

神祕校長走出校長室，轉過樓梯間，來到走廊上，遇到淚人兒。可憐的淚人兒……

校長走到她面前，搖了搖頭，露出失望、無奈，加上一點點嫌惡的表情，他長長的嘆了一口氣，就把淚人兒最心愛的髮夾吹到幾百公里外……

淚人兒先是愣了三秒鐘，隨後，整個校園就淹進了她又熱又鹹的眼淚洪水裡。

直升機神犬、充屁式救生艇和屁屁超人都出動了，金寶貝也拿起手機，叫來了他的直升機媽媽和怪獸爸爸，開始救援泡在水裡的同學和老師。

這時候，神祕校長游到神祕班，想繼續測試他的嘆氣超能力（確定成功之後，他要找屁屁超人決鬥）。一進門，就遇到哈欠俠。哈欠俠身為班長，挺身而出，接下戰帖，面對練成嘆氣大法的神祕校長，他心想：「我的哈欠神功

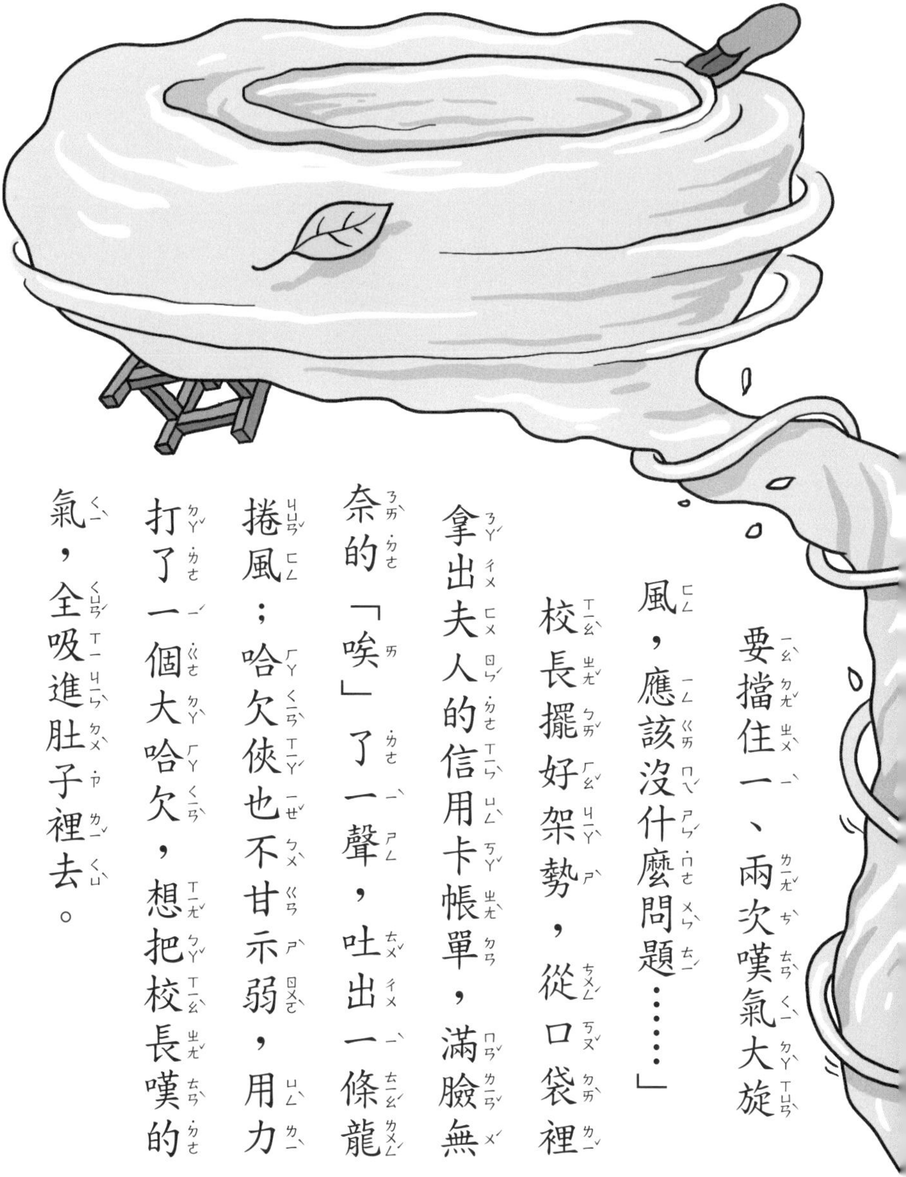

要擋住一、兩次嘆氣大旋風，應該沒什麼問題……」

校長擺好架勢，從口袋裡拿出夫人的信用卡帳單，滿臉無奈的「唉」了一聲，吐出一條龍捲風；哈欠俠也不甘示弱，用力打了一個大哈欠，想把校長嘆的氣，全吸進肚子裡去。

想不到，哈欠俠只吸了一口神祕校長嘆的氣，立刻口吐白沫、臉色發青的暈了過去。

同學們趕緊呼叫屁屁超人……從「充屁式救生艇」飛來的屁屁超人，抱起哈欠俠，放出超人屁，飛進醫務室。

連吐大氣老師都被校長嚇了一跳——神祕校長學了他的嘆氣大法，竟然「青出於藍，更勝於藍」，比他還厲害！

神祕校長高興的大叫：「屁屁超人，快一點回教室，我要找你決鬥，報上次比賽輸掉的仇！」

屁屁超人送哈欠俠就醫，還得救泡在水裡的小朋友，哪有時間去決鬥呢！連小大人都覺得校長挑這個時間，實在太不懂事了！

「校長，您知道屁屁超人為什麼受歡迎嗎？」看不下去的冷笑話專家，跳出來問校長。

「因為他熱心助人？心地善良？」神祕校長想都不想就回答：「勇於對抗大人無理的挑戰？努力帶給小孩無限的希望？」

「錯！」冷笑話專家公布他鑽研後的新答案：「書上說：土地公是『神』，放屁很『神』氣……對吧！而屁屁超人是『人』，放屁有『人』氣！土地公放屁好

『神氣』，屁屁超人放屁『超人氣』，所以才受到大家歡迎！」

冷笑話專家話才說完，淚人兒淹滿校園的淚水，立刻結成了冰塊。連她臉上的兩行淚，也成了兩根細細的鹹冰棒。

神祕校長不讓大家好過，再度嘆出一陣陣熱呼呼的氣，把校園裡的冰塊又給融化了。

奇怪的是，屁屁超人不在現場，全校師生卻不約而同的戴起了口罩。

過了一會兒，屁屁超人從醫務室飛回來，他一落地，就質問校長：「您昨天吃了什麼？」

「臭豆腐、大蒜、青蔥、洋蔥、咖哩、榴槤、納豆……」神祕校長老實的透露，還奸笑著說：

「而且我昨天晚上和今天早上都沒刷牙！」

「天哪！」吐大氣老師和全體師生都嚇壞了：「難怪校長嘆出來的氣，味道比直升機神犬的『狗臭屁』還難聞！」

「校長曾經為了要模仿『偷笑客老師』的臭臉神功，不惜用自己的臭襪子抹臉，不知道他這一次會不會……」神祕班的小朋友議論紛紛。「不告訴你們！」神祕校長十分得意的把祕密深藏在心裡。

「校長，」吐大氣老師不喜歡校長用他教的超能力欺負人：「這樣太丟大人的臉啦！唉——！」

吐大氣老師嘆出巨大氣流，吹向神祕校長。

「唉！不自量力的老師！看我把你吹到天涯海角！」校長看了一眼信用卡帳單，嘆出了結合臭臉神功的嘆氣大法。

「好大的口氣……不！是好大的口臭！」吐大氣老師聞到了神祕校長嘆的氣，忍不住就想拿口罩來戴，戴

了口罩，口罩就阻擾了他嘆氣。吐大氣老師敵不過校長，最後，從神祕班被吹到了有著淚水大漩渦的操場中央。

「為什麼校長看到屁屁超人就討厭？」冷笑話專家為了救大家，也不等同學回答，直接公布答案：「土地公是『神』，放的屁是『神氣』；而屁屁超人是學『生』，因此他放的屁氣體，才會讓校長抓

狂又『生氣』！」

淚人兒的淚洪水又重新結了冰……

但校長仍然不死心，依舊拚命嘆氣嘆個不停——不斷製造空氣汙染和溫室效應！

「請住手……哦，不，是住『口』！」屁屁超人起飛衝向神祕校長，他想使出絕招「噴射屁」。但校長輕輕一嘆氣，擾亂了空中的氣流，吹散了放屁的力量，讓屁屁超人飛不上去，降不下來，看來十分狼狽……

再加上神祕校長嘆出來的可怕口氣，讓屁屁超人必須一直閉氣，無法呼吸，難以用力。

正當屁屁超人搖搖欲墜，一聲「汪汪」狗吠，伴著螺旋槳聲音而來——屁屁超人的超級助手「直升機神犬」來啦！牠叼住了屁屁超人的衣領，用螺旋槳尾巴，把神祕校長嘆的氣全都吹散……

已升級為「屁的哲學家」的冷笑話專家拍手叫好：「我們怎麼忘了直升機神犬！牠的確是對付神祕校長最

好的祕密武器，只有牠不怕神祕校長嘆出來的難聞口氣……」

「為什麼？」曾經是「為什麼」的小大人抓了抓頭問：「為什麼『直升機神犬』不怕校長的可怕口氣呢？」

「狗狗們的祖先是食腐動物——專門吃腐爛的食物——而且彼此打招呼的方式是聞屁股……」冷笑話專家活用書上的知識，為大家解釋：「連屁股都敢聞，還怕神祕校長的口臭嗎？」

果然，直升機神犬沐浴在校長嘆出來的濃厚臭氣中，竟如魚得水一般的輕鬆自在。

僵持了好一會兒，神祕校長因為嘆了太多氣，漸漸的頭有點暈，氣有點喘。

「太好了！」屁屁超人對直升機神犬說：「校長看來不行了，我們回頭去救吐大氣老師吧！快！」

這時，只見直升機神犬緩緩轉身，「汪——嗚！」一聲，螺旋槳尾巴一翹，放出噴射「狗臭屁」，準備飛到操場，救出吐大氣老師。

「噗——噗噗噗！」狗臭屁直直的噴向神祕校長，氣喘吁吁的校長來不及嘆氣吹散迎面而來的濃屁，反而因為呼吸不順，倒吸了一大口……神祕校長的肚子裡，已經裝著無敵的臭口氣，現在又吸入狗臭屁，兩者混合，變成了超級可怕的化學毒劑，把他自己毒昏了……

直升機神犬和屁屁超人救起了吐大氣老師，又得回頭把口吐白沫的神祕校長送醫，這一天，真是辛苦啊……

尖叫美少女

神祕校長在醫院接受急救的同時，神祕班又轉來一位女同學。

她介紹自己的超能力是「超響亮、極尖銳的尖叫聲」，大家都叫她「尖叫美少女」！

示範超能力的時候，教室窗戶的玻璃被震破了，她說：「如果看到蟑螂，威力會更強！」

原來，「尖叫美少女」天生怕蟑螂，可是她家裡偏偏經營資源回收場，想避開蟑螂，幾乎是不可能！

每一天，鄰居都能聽見她家傳來尖叫聲，一天比一天響亮，一聲比一聲尖銳……就這樣日復一日，年復一年，「尖叫美少女」練成了尖叫超能力，只要她一叫，蟑螂、蜘蛛、老鼠、青蛙統統跑光光，不只如此，方圓幾公里內的玻璃製品，都可能裂掉、破掉、粉碎掉。

「同學們！」吐大氣老師輕輕吐了一口氣，把碎玻璃都掃進垃圾筒，然後宣布：「現在上學，除了帶口罩，還要記得帶耳塞。」

「請問，哪一種『屁』出現，人們不會一哄而散，反而聚在一起享受？」冷笑話專家最近對於以「屁」為主題的冷笑話，有很深的鑽研——不愧是「屁的哲學家」。

「屁屁超人的屁！」小大人猜。

「錯！」冷笑話專家說：「雖然，屁屁超人常幫助我們，但是他的屁，我們還是能躲則躲，能避就避！」

「直升機神犬的『狗臭屁』！」淚人兒猜。

「錯！」冷笑話專家搖頭說：「我喜歡直升機神犬，但是對於牠的屁可不敢恭維！」

淚人兒發現自己沒猜對，心裡有點難過，流下了一點點的眼淚，雖然只有一些些，仍然讓神祕班淹了快五公分的水，她嘟著嘴問：「那到底是什麼？」

「大家不會躲，反而會相約一起享受的屁是……」冷笑話專家公布答案：「打屁！」

教室裡的氣溫快速下降……

冷笑話專家趁地上的淚水還沒結凍，用墊板把它們一塊塊盛起來，裝到窗戶上，把被「尖叫美少女」震碎的玻璃用冰塊替代了。

冷笑話專家非常滿意的說：「現在剛好是夏天，用冰塊當教室玻璃，清爽又清涼！」

「耶！」大家齊聲歡呼！連吐大氣老師都忘了嘆氣。

「尖叫美少女」弄碎了教室玻璃，同學們不但沒怪她，還幫她處理善後，讓尖叫美少女覺得好感動，她認為轉來「神祕班」是一個明智的決定。

不過，她下這個結論時，神祕校長還沒出院……

終於，神祕校長出院了，他當然不會放過這個「新鮮」的超能力竊取機會……

下課時，神祕校長在走廊上拎起了「尖叫美少女」，把她嚇得不停尖叫，害整排教室的玻璃劈里啪啦碎個不停。

校長威脅她：「說出你的超能力祕密，否則要你賠償碎掉的玻璃！」

不得已，尖叫美少女只好透露她的超能力祕密：「把會讓你驚聲尖叫的東西擺在身邊，天天見了鬼哭神嚎，時時瞧了呼天搶地……這樣子就行了！」

神祕校長經過調查，發現她說的沒錯，於是閉關在校長室裡練功。

過了好一陣子，廣播聲響起，要「尖叫美少女」前往校長室報到。屁屁超人擔心校長欺負她，集合同學，陪同尖叫美少女一起去校長室。

一進門，大家就發現校長室貼滿了校長夫人的照片……

「尖叫美少女同學！我已經在這裡尖叫了一個多月……」

校長面露不悅，皺起眉頭說：「一點進步都沒有！你是不是騙我？」

「沒有！」尖叫美少女舉起

右手說：「我可以發誓！」小大人出面解危：「您這樣躲在夫人的幻『影』裡，根本不是辦法！」

「不然應該怎麼辦？」校長不以為然。

「您應該面對現實！」小大人拿起校長室的電話，照著通訊錄，打給校長夫人：「喂！夫人嗎？校長想練

習『見到鬼』的尖叫聲，把您的照片貼滿了整間校長室……」

校長還來不及阻止，校長夫人的車已經衝進了校長室……校長的耳朵被扭轉了七百二十度，硬生生被拖出校長室：

「啊——啊——啊——啊！」

趁亂逃回教室的小朋友們，一

邊逃跑，一邊討論：「校長好像練成了！」

「雖然和我的尖叫聲一樣表現出極端的恐懼，但是……」尖叫美少女以專業的口吻分析：「發音的部位卻不相同。」

「與其說是尖叫，」還是小大人懂得命名：「倒不如說是『慘叫』！」

畢竟經過「尖叫美少女」親自指導，校長的「慘叫神功」，仍然把神祕小學的玻璃弄破了不少。好死不

死，剛好督學路過，發現學校殘破的樣子，進校門來要求校長負起責任，拿薪水來賠。

這下子，不能多買名牌包的校長夫人氣炸了，她扭耳朵扭得更用力，校長就發出更加震憾人心的慘叫……慘叫聲弄破更多學校玻璃……玻璃破得越多，校長薪水賠得越多……薪水賠得越多，校長夫人又更加氣炸……

屁浮列車尖叫號

因為修理玻璃的預算倍增，校長刪減了校外教學租借遊覽車的經費。原本計畫參觀「熱汽球節」的神祕班師生，人人好失望，個個都傷心；連吐大氣老師都嘆氣嘆個不停，害大家的課本、鉛筆盒、水壺等被吹得亂七八糟。

平凡人科學小組聽說了，立刻趕來幫忙。

當初捐出「飛天馬桶」的組員，再次捐獻了家裡庫存的浴缸和蓮蓬頭；「香屁褲」的兩位發明者，也搬來

香屁褲的超彈性布料。其餘的組員同心協力，把浴缸連結起來，再利用水管把「飛天馬桶」水箱裡的「壓力屁」導引到蓮蓬頭裡……一壓水箱按鈕，就能產生飛天屁動力！

另外，「香屁褲」的布料被縫成三個巨大熱氣球，一個內部裝有燒燙燙的超人屁，另一個裝了熱呼呼「吐大氣老師」嘆的氣，還有一個依比例混合放屁和嘆氣兩種氣體，點火可以加熱，高溫不會爆炸。三者依據「熱空氣上升，冷空氣下降」的原理，提供向上的浮

力，這樣一來，可以減少消耗壓力屁和超人屁，達到節能省「屁」的目的……

屁屁超人駕駛飛天馬桶，擔任列車長；直升機神犬在列車尾擔任舵手，利用牠的「螺旋槳尾巴」及「噴射狗臭屁」變換方向。

經過不斷的試驗，平凡人科學小組研發的「『屁』浮列車」成功了！

神祕班的同學依序坐上自己的位置，準備去參觀熱氣球飛行展……

起飛前，科學小組組長指著一個紅色按鈕，對屁屁超人說：「這是我為屁浮列車安裝的喇叭系統，只要一按，天空中成群的候鳥會散開，飛機裡熟睡的機長會驚醒！」

起飛了！飛行途中，果然遇上了飛鳥和飛機，屁屁超人依指示按下紅色按鈕，「尖叫美少女」的座位上瞬間彈出了一隻塑膠蟑螂……

「哇——哇——哇——哇！」

飛鳥散了，飛機閃了，神祕班順利到達了「熱氣球節」的會場！

不過，那一次的校外教學，全班都認為去程和回程的路上——最好玩！

神祕校長訪談錄

神祕校長接受了談話節目的獨家訪談，娓娓道來身為神祕小學大家長的心酸與甘苦。

主持人：非常感謝神祕校長接受我們訪談。

神祕校長：我也非常感謝貴節目邀請我，想不到我比「屁屁超人」搶先一步接受專訪。

主持人：呃……您可能誤會了，屁屁超人上禮拜就來過了。

神祕校長：……。

主持人：好，讓我們切入正題！請教校長：「屁」是一種不文雅、沒禮貌的事物，學校教出愛放屁的學生，您難道不會覺得不妥？

神祕校長：大家千萬別誤會！雖然，我和屁屁超人在學校是死對頭，但是超人電影告訴我們一個原則：超人越強，反派角色越厲害！所以，屁屁超人的進步，就是超能力抄襲者——我——的福利！對於「屁」這件事，我從「屁的哲學家」那兒學到了許多「屁的道理」……

主持人：願「聞」其詳！

神祕校長：就味道而言，屁有輕於榴槤，有重於鹹魚！從小我對於英文諺語：「To see is to believe. To hear is to believe.（眼見為憑，親聞為證）」一直有所懷疑，我常想為什麼沒有「To smell is to believe.（嗅覺為信）」後來，有一次我在密閉空間被指為放屁的兇手時，我就明白了。

主持人：您被誣賴？好可憐！

神祕校長：不是的……那「屁」的確是我放的，但我死命否認到底！

主持人：……。

神祕校長：我對「屁」還有更深的體認：我曾經無比渴望它的出現……

主持人：不會吧？

神祕校長：有一次，我住院開刀，開完後，醫生交代「排氣」後才能進食。當時只能打點滴的我，見到校長夫人在身旁啃牛排、吃海鮮、喝飲料、嗑水果，我的口水流得像是淚人兒的眼淚……我這輩子第一次如此盼望「屁」的來到，彷彿它是我的救世主！

主持人：您這麼說也有點道理！

神祕校長：沒錯！人有好人、壞人，屁有好屁、壞屁，我們不能「一竿子打翻一船人，一『鼻』子吸光一串屁」！

主持人：您對於屁的見解真是精闢！

閱讀123